Impressum

© 2021 Rosemarie Stampa
Idee und Gestaltung: Rosemarie Stampa
Layout: Rüdiger Richter
Herstellung und Verlag: BoD – Books on Demand, Norderstedt
ISBN: 978-3-753-46121-2

Ohne Musik
wäre das Leben
ein Irrtum.

Friedrich Nietzsche

Nicht Bach, sondern Meer sollte er heißen, wegen seines unendlichen, unerschöpflichen Reichtums an Tonkombinationen und Harmonien.

Ludwig van Beethoven

In
Liebe
für
meine
Familie

*Die Musik ist eine Gabe
und ein Geschenk Gottes,
nicht ein Menschengeschenk.*

Martin Luther

Inhaltsverzeichnis

Unser
Leben
vor
Gott
ein
großer
Gesang.

Rainer Maria Rilke

Vorwort

Ja, Singen macht mich froh.

Es erfreut mein Herz und meine Seele.

Ich bin dankbar, daß ich in meinem Leben so viel
habe singen dürfen.

Das Singen im Gottesdienst zur Ehre Gottes und
zur Freude der Gemeindemitglieder ist mir ein
besonderes Geschenk. Ich drücke darin meinen
Dank an Gott, mein Gebet und meine Lebensfreude
aus.

Bis orat,
qui cantat.
(wer singt, betet doppelt)

Augustinus

Ein kleines Lied

Ein kleines Lied, wie geht's nur an,
daß man so lieb es haben kann,
was liegt darin?

Erzähle

Es liegt darin ein wenig Klang, ein
wenig Wohllaut und Gesang und
eine ganze Seele.

Marie von Ebner-Eschenbach

Kindheit und Nachkriegszeit

Ich wäre natürlich gerne Sängerin geworden.
Leider hat es aus verschiedenen Gründen nicht
geklappt.

Dennoch ist das Singen meine größte
Lebensfreude.

Egal, ob ich im Chor, in einer privaten Gruppe
oder Solo im Gottesdienst singe.
Da ist Singen mein Gebet! Ich drücke darin
meinen Dank und meine Lebensfreude aus.

Angefangen hat die Freude am Singen, an der
Musik überhaupt, in meinem Elternhaus.
Mein Vater und meine Mutter hatten beide eine
sehr schöne wohlklingende Stimme. Auch meine
beiden Brüder Eugen und Wolfgang haben mit
guter Stimme gern und viel zu Hause gesungen,
weniger Choräle oder geistliche Lieder, dafür
fröhliche Jungscharlieder und „Schlager" oder
Ähnliches.

Meine beiden Schwestern waren 7 und 5 Jahre
älter als ich. Die waren schon immer „groß", und
wir 3 „Kleinen" konnten da nicht mitreden.
Aber Inge-Lore, die 7 Jahre älter als ich war, hat
mich mit in die Oper genommen.
„Fidelio" und die „Zauberflöte" habe ich als Kind
auf der Bühne in Kiel mit Erstaunen und
„Luftanhalten" kennen gelernt.

Als wir noch zu „Hause" in Marienburg -
Westpreußen - waren, hat meine Mutter uns
herzlich und liebevoll ins Bett gebracht. Sie betete
mit jedem Kind einzeln und sang jedem ein
Schlaflied oder auch mehrere vor. Die Lieder
durften wir uns aussuchen. Von Brahms z.B.
„Guten Abend, gut Nacht" oder „Die Blümelein, sie
schlafen" oder „Der Mond ist aufgegangen", aber
auch den Abendsegen von Engelbert Humperdink:
„Abends wenn ich schlafen geh" aus der Oper
„Hänsel und Gretel". Das war alles so schön! Nach
dem Gebet und dem Gesang kam ein Ritual mit
guten Gedanken für alle, die wir lieb hatten.

„Gute Nacht, lieber Papa",
„Gute Nacht, liebe Mutti"
„Gute Nacht, liebe Inge-Lore"
„Gute Nacht, liebe Brigitte"
„Gute Nacht, lieber Eugen"
„Gute Nacht, liebe Rosemarie."

Dann kamen die Großeltern dran, Onkel und
Tanten soweit wir die Namen wußten.
Mein jüngster Bruder Wolfgang erfand nach der
langen Litanei die „Kurzform" - „Gute Nacht, alle,
alle aufm Haufen"!
Das Beten und Singen mit meiner lieben Mutter ist
mir ein unwiederbringliches Geschenk, für das ich
ihr sehr dankbar bin. Es ist der Grundstein für
meine große Liebe und tiefes Empfinden für die
Musik.
Nach dem Krieg war das „Gute Nacht" Ritual wohl
spärlicher. Zweieinhalb Jahre lang haben wir in

einem 16 Quadratmeter großen Zimmer ohne Möbel gelebt, bis wir langsam Stockbetten von den Soldaten bekamen.

Beide Eltern waren tief gläubige Christen, die uns Kinder zu tüchtigen und wahrhaftigen Menschen erzogen haben.

Beiden Eltern gilt mein großer Dank und tiefe Anerkennung für alles, was sie für uns getan haben.

Obwohl wir nach dem Krieg und der Flucht und Vertreibung aus unserer Heimat nicht auf Rosen gebettet waren, waren meine Eltern sehr dankbar, 5 hungrige Kindermäuler satt zu bekommen.

Sprich, und du bist mein
Mitmensch.

Singe, und wir sind Brüder und
Schwestern.

Theodor Gottlieb von Hippel

Erste Schulzeit und eine bescheidene Weihnachtsfeier

In der Zeit nach dem Krieg gab es für uns Schulkinder keine Tafel, keine Schulbänke, kein Lesebuch. Nichts! Wir saßen auf langen Bänken, so wie wir sie vom Biergarten oder Oktoberfest her kennen. Wir saßen auf den Bänken, wenn der Lehrer uns etwas erzählte. Zum Schreiben knieten wir uns vor die Bank und schrieben auf der Bank. Da war die Sitzbank unser „Tisch". Wir fanden, das gar nicht „komisch", wir kannten es ja nicht anders. In diesem Klassenraum bei meinem Lehrer Hans-Werner Geerdts, der später ein bedeutender Maler geworden ist, gab es zu Weihnachten eine bescheidene Weihnachtsfeier.

Die Kleidung von mir als Maria war sehr ärmlich, aber die Eltern von Jesus hatten wahrscheinlich auch keine „Designerkleidung" an. Ich trug eine graue, viel zu große Joppe, die ich sonst bei großer Kälte auch trug. Der Josef war auch nicht „viel hübscher". Der Junge als Josef war katholisch, ich als Maria evangelisch. Es war sozusagen eine „ökumenische" Weihnachtsfeier. Ich sang mein erstes Solo: „Still, still, still, weils Kindlein schlafen will."

Das zweite Solo war: „Joseph, lieber Joseph mein, hilf mir wiegen mein Kindelein." „Wie kann ich dir helfen dein Kindlein wiegen? Ich kann ja kaum selber die Finger biegen. Schum, schei, schum, schei."

Es war für die Eltern von uns Kindern sehr

berührend, die ärmlichen Eltern von Jesus zu sehen und zu hören. Die Eltern mußten in einem unbeheizten Raum stehen. Mein 1 Jahr jüngerer Bruder Eugen hat noch viele Jahre später von der sehr bescheidenen und sehr berührenden Weihnachtsfeier geschwärmt. Das war mein erster öffentlicher Soloauftritt!

Es hat beide Male gut geklappt und mir viel Freude bereitet. Später habe ich dann in einer richtigen großen Kirche wieder solo gesungen als Verkündigungsengel. Das war meine „Zuhausekirche", in der wir „drei Kleinen" konfirmiert worden sind, Inge-Lore getraut worden ist und für meine lieben Eltern die Grabrede gesprochen wurde.

Chorsingen

Ich habe dann bald in einem Kinderchor der „Zuhausekirche" gesungen. Später dann im „richtigen" Kirchenchor mit Männerstimmen, wo wir mehrstimmige Bachsätze gesungen haben. Meine Eltern sind so oft sie konnten in den Gottesdienst gekommen, wenn der Chor oder ich solo gesungen habe.

Mit einer Freundin habe ich ein Duett aus der Weihnachtskantate „Willkommen süßer Bräutigam" von Vincent Lübeck gesungen. Das war schon etwas anspruchsvoll. Es hat gut geklappt und ich war schon etwas stolz.
Zum „Kinderchor" fällt mir noch etwas ein. Wir waren ca. 6 - 8 Mädchen, ca. 10 - 11 Jahre alt und durften bei Beerdigungen singen. - Ich fand es sehr traurig die Trauergemeinde zu sehen, ihre Trauer mitzuerleben und den Sarg in der Mitte der Kirche zu sehen. Aufbauend für kleine Mädchen war das nicht gerade. Als Trost verdienten wir 40 Pfennig bei einer Beerdigung. In einem Vierteljahr kamen da manchmal 4,40 D-Mark zusammen, worüber wir uns sehr gefreut haben. In all den Jahren danach bis zu größeren Abendmusiken habe ich nie „etwas verdient." Einmal kam zum sonntäglichen Gottes-dienst, in dem wir als Chor gesungen haben, ein Solocellist. Ich weiß nicht mehr, was er gespielt hat, aber er machte ausladende Bewegungen mit dem Bogen und der rechten Hand, so daß ich ganz von „den Socken" war. Seitdem hat das Cello, neben der

Orgel natürlich, einen besonderen Stellenwert in meinem Herzen.

Mein Gehör wurde immer differenzierter. Ich hörte immer besser, auch die Interpretationen von verschiedenen Interpreten konnte ich mehr und mehr unterscheiden. Bei den Cello-Suiten für Violoncello solo von Johann Sebastian Bach gefallen mir mit Abstand die Aufnahmen von Pablo Casals am besten. Sein Spiel ist für mich ein tiefes Gebet.
Viele „moderne Cellisten" spielen gerade diese Suiten technisch viel schneller, aber für mich oft ohne Aussage

Verschiedenes

In der Schule, ca. 7., 8. Klasse hatte ich einen
Erdkunde- und Musiklehrer. Er hatte aber zum
Musikunterricht keine Lust, sondern korrigierte in
den Stunden lieber Klassenarbeiten. In einer
Stunde, in der er wieder seine Sachen erledigen
wollte, rief er mich nach vorne, so daß ich die
Stunde gehalten habe. Ich stand vor dem Pult und
dirigierte von mir ausgesuchte Lieder. Die Mit-
schüler haben mitgesungen, haben auch nicht
gelacht oder es komisch gefunden. -

Zu Hause habe ich vor dem Spiegel dirigieren
geübt und meine Mutter gefragt, ob das so „gut"
ist. Ich hatte zu der Zeit einen Pferdeschwanz als
Haarfrisur, und einige Jungen nannten mich
dann „Mozartzopf". Ich fand das alles ganz
„normal".

Zu der Zeit erzählte mir meine Mutter sehr viel
über Musiker, besonders über Franz Schubert. Sie
konnte oft dabei ihre Tränen nicht zurückhalten.
„Daß er lange Zeit kein eigenes Klavier hatte, nur
neben Beethoven begraben sein wollte, schon mit
31 Jahren gestorben ist." - Sie erzählte es so innig,
daß ich dachte, es wäre auch ein Verwandter von
uns; denn ein zwei Jahre älterer Bruder meines
Vaters spielte sehr gut Geige und war Lehrer und
Organist mit einem größeren Chor in Berlin.
Dieser Onkel Franz hat mir auch die erste
C-Blockflöte geschenkt, bis ich später eine Alt-
Blockflöte bekam. Die Liebe zu Franz Schubert ist

Wer sich die Musik erkiest,
hat ein himmlisch Gut gewonnen;
denn ihr erster Ursprung ist
von dem Himmel her gekommen,
weil die lieben Engelein
selber Musikanten sein.

Martin Luther

geblieben. Schubert ist mir von allen Musikern der Liebste, der Nächste. Mozart und Beethoven sind wunderbar, so „groß", aber Schubert ist so zart, so zerbrechlich. Ich fühle mich ihm so verwandt! Mein geliebter Seraph (2. Name von Schubert), und bei Bach werde ich ganz demütig und kann nur andächtig niederknien.

Aber immer kann ich gar nicht niederknien und beten, da sind mir lyrische, auch übermütige Mozartarien aus „Don Giovanni", z. B. oder „freche Kanons" von Mozart auch wertvoll.

In der Frauenfachschule habe ich auch manchmal „dirigiert" oder Solo gesungen z. B. von Peter Cornelius „3 Könige wandern aus Morgenland."

Meine Freude und große Begeisterung an der Musik war so groß, daß mein Vater schon bald nach der Währungsreform ein Klavier kaufte. Er sagte: „Vielleicht kann sie uns mal damit ernähren!" Diesen Vorschuß an Glauben an mich habe ich leider nicht erfüllt! - Schade!

Es tut mir leid, daß ich zu wenig geübt habe! Aber meine liebe Mutter hat sehr gern und gut Klavier gespielt, bis die Hände langsam etwas steif wurden.

In den Advents- und Weihnachtszeiten haben wir in der Familie viel gesungen. Das war sehr schön und manchmal richtig feierlich. -

Ich erinnere an ein für mich schönes Erlebnis. An einem hellen Nachmittag, wo andere Jungen gern draußen gespielt haben, haben mein Bruder Eugen und ich alleine gesungen: „Es ist für uns eine Zeit angekommen" z.B. -Beide Brüder hatten eine strahlende Tenorstimme.

Eine „lustige" Erinnerung an mein Singen in Westerland ist folgende:

Ich bin zeitig in St. Nikolai zum Einsingen und freue mich auf den Gesang. Die Pfarrerin hatte den Gesang erlaubt. Nur der Organist ist noch nicht da. Der Organist übernimmt die Vertretung; er ist extra aus Leipzig eingeflogen.

Es ist ¼ vor 10.00 Uhr, 10 Minuten vor 10.00 Uhr, 5 Minuten vor 10.00 Uhr, kein Organist in Sicht. Ich tröste mich schon damit, daß es heute nichts wird, - O.K. -. Da kommt um 10.00 Uhr ein junger Mann aus der Sakristei gestürzt und rast wie von der Tarantel gestochen durch das lange Kirchenschiff, die Empore hoch.

Ich zeige ihm die Noten, die ich gern zu Beginn des Gottesdienstes singen möchte.

Der Organist schmeißt seine Aktentasche in die Ecke, behält die Jacke an und begleitet mich stehend vor der Orgelbank. Wir hatten ja gar nicht geprobt, und es hat trotzdem gut geklappt. Am Ende des Gottesdienstes habe ich ein zweites Mal solo gesungen; es war wieder sehr gut, nur ohne „Aufregung" des Organisten im Stehen. Über das spontane Singen „im Hut und Mantel" stehend, vor der Orgelbank, habe ich noch lange schmunzeln müssen. Als Entschuldigung für das späte Ankommen des Organisten hörte ich von dem Gegenwind und Sturmböen von Keitum nach Westerland. Das kann dann schon sehr mühsam werden. Wir haben später noch öfter in Westerland und auch in Leipzig musiziert. Wir haben sogar eine CD mit „Schemelli-Chorälen" „Mit Bach durch das Kirchenjahr" aufgenommen. Das Musizieren mit Christian Otto hat mir ganz besonders viel Freude gemacht.

Lehrer, Lob und Kritik

Dolores Heiden war meine erste Gesangslehrerin in Hamburg, die schon mit Gustaf Gründgens gearbeitet hat. Ich habe sie sehr geliebt und verehrt. Ein besonderer Lehrer für mich war Hanno Blaschke, Prof. an der Musikhochschule in München. Er hat mich sehr gefördert. Einmal sagte er mitten in der Stunde: „Ihre Stimme ist nicht schön!" Ich denke, was hat er denn, ich habe doch gar keine Fehler gemacht. Nach einer Generalpause sagt er:
„Sie ist sehr schön!"
Ein Körpertherapeut aus den U.S.A sagte, als er mich singen gehört hatte: „You have a beautiful soul!" Das hat mich sehr gefreut.
Ähnlich wie der Körpertherapeut Dr. John Pierrakos aus den U.S.A. sagte ein wohlwollender Berufsmusiker nach dem Gesang einer Arie zu mir: „Deine Stärke ist das Heilige in Dir. Du erkennst das nicht, weil Du Dich mit den Augen der anderen siehst, die es nicht sehen, weil sie nicht heilig sind."

In der VHS Sylt sagte 1 Profisängerin zu mir: „Ich habe eine gute Technik, aber Rosemarie hat eine schöne Stimme".

Eine Frau sagte einmal zu mir: „Immer wenn Du singst, muß ich weinen, so schön ist es". Meine liebe Mutter nannte mich oft „Mein Singvögelchen!"

Manchmal haben die Leute geklatscht nach einem Gesang im Gottesdienst. Mir war das zwar peinlich, aber irgendwie hat es mich auch gefreut.

Das älteste, echteste und schönste
Organ der Musik, das Organ, dem
die Musik ihr Dasein verdankt, ist
die menschliche Stimme.

Richard Wagner

Noch etwas Lustiges ist mir eingefallen:
Da ich mich im Hochhaus mit 20 Parteien am
Sonntagmorgen vor dem Gottesdienst, in dem ich
solo singen wollte, nicht einsingen konnte aus
Rücksicht auf die Nachbarn, habe ich an der U-
Bahnhaltestelle vorsichtig vor mich hin geübt.
Eine Mit-Passantin hat mich gehört und zu ihrem
Mann gesagt: „Da kann sie aber Geld für
nehmen." Ich mußte innerlich sehr schmunzeln.
Ich habe zu Taufen, zu Hochzeiten von
Geschwistern und Freunden in der Kirche
gesungen.

Auch zur Beerdigung meines lieben Vaters habe
ich gesungen: „Bist du bei mir, geh' ich mit
Freuden zum Sterben" von Johann Sebastian
Bach.

Einmal kam ein Diakon nach seiner Predigt zu
mir auf die Empore und sagte voller
Bewunderung: „Das ist ja wie eine Verkündigung."
.
In Keitum Sylt habe ich über 20 Jahre, vor allem
mit Pastor Traugott Giesen, im Gottesdienst singen
dürfen. „AD MAIOREM DEI GLORIAM."

„Mich kleiner Mensch" haben bekannte Organisten
begleitet:

    Prof. Eisenberg
    Prof. Franz-Peter Goebels
    Prof. Hans Prignitz
    Prof. Gorwin

Soll ich meinem Gott nicht singen?
Sollt ich ihm nicht dankbar sein?
Denn ich seh in allen Dingen,
wie so gut er's mit mir mein'.
Ist doch nichts als lauter Lieben,
das sein treues Herze regt,
das ohn Ende hebt und trägt,
die in seinem Dienst sich üben.
Alles Ding währt seine Zeit,
Gottes Lieb in Ewigkeit.

Paul Gerhardt

Ich habe oft Schemelli-Choräle von Bach, aber auch Arien von Bach, Händel, Mendelssohn und Mozart. gesungen. Es hat immer gut geklappt und mich sehr froh und richtig glücklich gemacht.

Last but not least erinnere ich mich mit Liebe und Dank an Frau Rita Loving-Stern aus den U.S.A, die am Nationaltheater in München Korrepetitorin war. Sie war eine begnadete Pianistin und hervorragende Gesangspädagogin. Ich habe ihr sehr viel zu verdanken; die Stunden bei ihr waren meine ganze Freude!

In einer Stunde erlebte ich etwas Unerwartetes, Unwiederbringliches. Ich singe so wie sonst meine Übungen und danach Lieder bzw. Arien. Plötzlich kommen Töne aus mir, wie ich es noch nie erlebt und von mir gehört habe. Ganz leicht, ohne Anstrengung, ohne Mühe, ganz wunderschön. Es ist ein wunderbares Strahlen! Ich bin ganz überwältigt, ganz beseelt. Nicht ich habe gesungen, sondern eine göttliche Eingebung. In der nächsten Stunde sprechen wir darüber.

Frau Loving bestätigt den wunderbaren Klang. Es war ganz anders als sonst. - Leider habe ich das Erlebnis nicht wiederholen dürfen.

Vielleicht wird es mir noch einmal geschenkt, wenn ich ganz demütig und gelassen bin. Es gehört zu den schönsten Erlebnissen in meinem Leben. Ich danke meinem Schöpfer sehr dafür.

In München habe ich acht Abendmusiken mit einem zum Teil anspruchsvollen Programm von Bach, Händel, Mozart und Mendelssohn Bartholdy gestaltet.

Zwei Jahre habe ich in München in St. Michael, einer größeren Jesuitenkirche, in einem Krankengottesdienst singen dürfen. Einmal sogar ohne Orgelbegleitung, weil der Organist verhindert war.

Der Gottesdienst war für Kranke, Ärzte und Pflegepersonal konzipiert.

Das Singen hat mir fast mehr Freude gemacht als meine psychotherapeutische Arbeit.

Im Krankenhaus habe ich auch öfter gesungen. Das war besonders schön, weil die Patienten sehr offen waren.

Ich könnte noch einige Kirchen und Organisten aufführen, aber ich möchte es so belassen.

Ich danke Gott für alles Singen, für meine Stimme, und für die Freude, die ich anderen damit machen darf!

Schließen möchte ich mit Tagore:

„Gott achtet mich, wenn ich arbeite,
aber er liebt mich, wenn ich singe"

Vielleicht singe ich so gern, weil ich dann Gottes Liebe zu mir besonders spüre.

Nachwort

Vielleicht habe ich Sie anregen können, auch wieder einmal zu singen. Vielleicht erleben Sie auch eine Freude dadurch.

In meiner langjährigen Praxis als Psychotherapeutin habe ich immer wieder erlebt, daß Singen körperliche und seelische Blockaden lösen kann. Ich empfehle Ihnen deshalb auch öfter zu singen, um die Wirkung an Körper und Seele zu erleben.

Mir hat eigentlich nichts im Leben
so viel Freude gemacht wie Musik

Friedrich Nietzsche

Danksagung

Ich danke meinem Schöpfer für meine Stimme,
und daß ich von Kindesbeinen an bis jetzt immer
noch im Gottesdienst solo singen darf.
Das ist mir eine große Freude und erfüllt mich mit
tiefer Dankbarkeit.

Ich danke meiner lieben Mutter für alles
Vorsingen, alles Klavierspielen und alle
musikalische Unterweisung.

Ich danke für alle Berichte über das Leben der
Komponisten.

Ich danke allen Komponisten für die
wunderbaren Lieder und Arien. Ganz besonders
danke ich Johann Sebastian Bach und Franz
Schubert für die wunderbaren Arien und Lieder.
Beide Komponisten berühren meine Seele zutiefst.
Sie lassen mich demütig und glücklich werden.

Dann danke ich allen Gesangspädagogen und
allen Organisten für den Unterricht und das
gemeinsame Musizieren, besonders im Gottesdienst
zur Ehre Gottes.

Zu guter Letzt danke ich meinem lieben Neffen
Rüdiger Richter für die Mitgestaltung der
Broschüre.

Rosemarie Stampa

Meine liebe Mutter
sagte, als sie über den
Keitumer Friedhof ging:
„Da singt mir der
Wind das ewige Lied.“

Erika Richter